LE PEUPLE,

Par M. de Brunet de C. Renoudière,

OFFICIER D'ÉTAT-MAJOR, DÉPUTÉ DÉMISSIONNAIRE PAR REFUS DE SERMENT, ANCIEN GÉRANT DE LA GAZETTE DE BRETAGNE.

. . . . Servi ut taceant, jumenta loquentur,
Et canis, et postes, et marmora.

Si les esclaves se taisent, les mules ; le chien,
les portes, les murs parleront.

JUVÉNAL, *Satire* 9.

PRIX : 1 FRANCS 25.

A PARIS,

CHEZ DENTU, LIBRAIRE,

PALAIS-ROYAL.

1833.

LE PEUPLE.

PARIS, IMPRIMERIE DE POUSSIELGUE,
rue de Sèvres, n. 2.

LE PEUPLE,

Par M. de Brunet de La Renoudière,

OFFICIER D'ÉTAT-MAJOR, RÉPUTÉ DÉMISSIONNAIRE PAR REFUS DE SERMENT, ANCIEN GÉRANT DE LA GAZETTE DE BRETAGNE.

> . . . Servi ut taceant, jumenta loquentur,
> Et canis, et postes, et marmora.
>
> Si les esclaves se taisent, les mules, le chien,
> les portes, les murs parleront.
> JUVÉNAL, Satire 9.

A PARIS,

CHEZ DENTU, LIBRAIRE,

PALAIS-ROYAL.

1833.

LE PEUPLE.

Il y avait autrefois un peuple de France bon, fidèle et généreux, gai jusqu'à la folie, riant de tout comme Démocrite; il était cité partout pour le plus aimable et le plus spirituel; aussi c'était à qui accourerait pour le voir des pays les plus reculés du monde. Il n'était pas croyable qu'on pût vivre sans le connaître, ni le connaître sans l'aimer. L'hospitalité était une de ses principales vertus, et il se plaisait à associer l'étranger à ses joies et à ses festins; mais ce qui l'élevait au dessus des autres peuples, c'était sa galanterie si décente et si délicate ; d'une sensibilité exquise et prompte, il recherchait le commerce des femmes , et leur rendait un culte de soins et d'hommages. Aux champs comme à la ville une femme présidait à ses fêtes, et le plus noble seigneur, ainsi que l'humble villageois, mettait tout son bonheur à mériter un de ses regards. Que ses plaisirs étaient purs ! Comme il aimait à répéter le chant de la moisson alors que ses greniers ployaient sous le poids des gerbes dorées ! Comme il dansait joyeux sous le grand chêne au son de la musette et du gai tambourin ! On n'eût dit qu'un même sang, qu'une même famille. Ce peuple était aussi l'ami des arts et des sciences. Ceux qui les cultivaient étaient en grand honneur ; mais s'ils étaient les plus savans ils étaient aussi les plus vertueux. Il avait des rois qu'il aimait autant qu'il les révérait, et comme chaque jour de leur puissance était marqué par de nouveaux bienfaits, il les regardait comme un présent du ciel, et remerciait Dieu de les lui avoir donnés. Il savait qu'une couronne est un lourd et difficile fardeau, et il se gardait bien d'en aggraver le poids par des murmures et des révoltes. La trompette guerrière venait-elle à sonner, aussitôt il revêtait son armure, et, déployant sa bannière, il se précipitait au milieu des dangers et terrassait maint ennemi. Sa valeur était si renommée, qu'on ne l'appelait que *furia francese;* aussi revenait-il toujours victorieux, et alors sur son passage que de fêtes! que de réjouissances! Le roi, qui avait été de tous les périls, marchait à sa tête. Les couronnes, les guirlandes, les arcs de triomphe se succédaient à chaque pas. Les poètes (car alors il y avait de ces hommes dont l'âme toute de feu ne peut se contenter du langage vulgaire pour célébrer une belle action), les poètes, dis-je, se disputaient l'honneur de chanter la gloire du roi et celle du peuple; leurs vers étaient simples, mais ils étaient vrais: ainsi après avoir vaincu l'Anglais en dix combats, le roi, rentrant dans sa capitale, lisait au-dessus d'un arc de triomphe :

> Très excellent roi et seigneur,
> Les manans de votre cité
> Vous reçoivent en grand honneur,
> Ainsi qu'en toute humilité.

enfin, à voir ce peuple si heureux chez lui et si respecté des autres, on se serait cru transporté dans le pays des chimères.

Cette prospérité durait depuis plusieurs siècles, et il n'était venu à personne l'idée qu'il dût y être changé quelque chose, lorsque des hommes qui disaient tout savoir prétendirent qu'elle n'était qu'une illusion, qu'un mensonge, que jusqu'alors d'épaisses ténèbres avaient couvert le monde, qu'il avait été mal gouverné, et que ce peuple, qui depuis si long-temps formait la meilleure des sociétés, n'était qu'un peuple sauvage, barbare même, étranger à toutes les jouissances de la vie, etc., etc., enfin toutes sortes de belles choses dites avec de grands gestes et de grands mots. On ne fit d'abord qu'en rire, comme on rit des lazzis d'Arlequin, et quoiqu'il y eût alors des petites-maisons, on laissa ces fous pérorer à leur aise. Ce fut une faute sans doute, et Platon n'aurait pas souffert dans sa république des docteurs de cette espèce; voyant qu'ils pouvaient sans crainte débiter leurs sornettes, ils s'imaginèrent qu'on aimait à les entendre, devinrent plus hardis que jamais, et résolurent de jeter la lumière et la vie dans ce qu'ils appelaient le chaos et les ténèbres, et d'être eux-mêmes les régénérateurs du genre humain. Pauvres hommes! malheureux les flancs qui vous portèrent! Comme ils savaient qu'une fois le lien qui unit l'homme à Dieu rompu, il n'est pas d'extravagances auxquelles il ne se livre, ils commencèrent par attaquer sa foi. Cette religion si pure, prêchée par Dieu lui-même, et qui a brisé les fers de l'esclavage, était, suivant eux, déraisonnable, injuste, ridicule même, et ils osaient dire : *Détruisez l'infâme* (car c'est ainsi qu'ils nommaient la religion du Christ, dont le premier précepte est de s'aimer en frères), *et vous serez comme des dieux !* Ce langage est celui que le serpent employa lorsqu'il séduisit Eve, et ils avaient avec ce reptile plus d'une ressemblance, rampant comme lui, et comme lui faisant de belles promesses. Dire qu'ils furent salués par des acclamations, ce serait faire injure à ce peuple, chez qui la foi de ses pères trouva toujours un asile pour s'y conserver pure et intacte ; mais à force de répéter les mêmes mensonges, les mêmes sarcasmes, ils amenèrent l'indifférence, et marchèrent alors d'un pas ferme à leur œuvre de régénération. Ils démolirent pièce à pièce tout ce qui existait ; usages, habitudes, lois, mœurs, tout fut soumis à leur scalpel, et comme ils assaisonnaient leurs paroles des grands mots de *patrie, honneur, liberté, affranchissement,* ils ne tardèrent pas à faire beaucoup de dupes, troupe en tout temps facile à composer, puisque vous voudriez en vain empêcher la foule de courir à ces charlatans qui dans les carrefours annoncent la bonne aventure, après avoir eu soin d'avance de prendre son argent. Ils avaient d'ailleurs un argument auquel leurs prosélytes résistaient difficilement. « Puisque le soleil luit pour tout le monde, disaient-ils, il faut bien aussi que la terre soit à tous. » Conclusion admirable, qui ne manquait jamais d'exciter les *vivat* et les battemens de mains de leur auditoire ; il serait trop long d'énumérer toutes leurs jongleries. Vous avez pu voir un acteur changer vingt fois de rôle et de costume, ou bien un singe faire toutes les mimes, tout cela n'est rien auprès des tartuferies de nos docteurs, que Dieu eût plutôt dû revêtir de la peau des caméléons que de celle des hommes.

Malgré tant d'ardeur et de constance, tout n'est point encore consommé, mais déjà voyez quels heureux changemens ces régénérateurs ont produits ! Ces rois, dont l'illustre lignée fut autant de divinités bienfaisantes, errent aujourd'hui pauvres et proscrits comme Bélisaire. Cette politesse si renommée, qu'on venait prendre chez ce peuple des leçons de savoir-vivre, qu'est-elle devenue ? Les femmes ne sont plus que des femmes, rien de plus. A voir ces cercles jadis si brillans, si animés, aujourd'hui tristes et mornes, ne dirait-on pas qu'un arrêt condamne les deux sexes à l'isolement ; et lorsque naguères encore une mère est venue se jeter dans les bras de ce peuple pour revendiquer l'héritage de son fils, ô honte ! il est resté froid comme le marbre, son cœur n'a point tressailli, il n'est point mort pour la défendre !!!.. Cependant il est brave et fidèle ainsi qu'aux anciens jours, et le sang des preux coule encore dans ses veines. Mais sans cesse trompé par ceux qui lui avaient promis un avenir meilleur, témoin chaque jour de nouveaux désastres, de nouvelles infortunes, il ne trouve dans le monde rien qui l'étonne, et son œil n'a plus de larmes quand vient à se briser tout ce qu'il aimait. Un météore nouveau l'occupe plus que la chute d'un trône et d'un empire, et sa physionomie ressemble à ces figures sur lesquelles l'habitude des douleurs a sillonné l'impassibilité. Adieu les jeux, adieu les ris : le voisin n'est plus un ami ; la table devient déserte, on s'évite, on se fuit. Un rien devient un secret, que l'on craint de communiquer; le foyer domestique n'est pas même exempt de ces terreurs : on a vu ce sanctuaire profané !... Chaque famille est distincte, séparée, aucun lien ne les rattache l'une à l'autre : on ne s'occupe que de soi, on ne vit que pour soi, et le voyageur à qui ses pères ont vingt fois parlé du bonheur de naître français, soupire et dit : *Il y avait une fois un peuple de France.*

Le Peuple.

Quand Cromwell eut signé le meurtre de Stuart
Il tourna sur Martyn un nonchalant regard :
« A ton tour, lui dit-il, le peuple ainsi l'ordonne,
« Son intérêt sacré vaut bien une couronne. »
Charles fut immolé !..... Un siècle s'écoula ;
Des rives d'Albion la tempête roula
Sur notre sol gaulois ce cynisme hypocrite.
Au nom du peuple aussi la vertu fut proscrite,
Et l'échafaud fuma trempé du sang royal.
Peuple, serais-tu donc la déité du mal?

Faut-il s'agenouiller jusqu'en ton sanctuaire
Dans les flots d'un sang pur, et tuer pour te plaire?
Et toi-même armes-tu tes enfans du couteau?
Il est temps de parler, réponds, es-tu bourreau?
Pour venger Ménélas la Grèce réunie
Attendait que Calchas frappât Iphigénie;
Les dieux avaient dicté cette suprême loi :
A cet oracle impie accordes-tu ta foi?
Penses-tu que le ciel, quand grondent les tempêtes,
Pour fléchir son courroux te demande des têtes,
Qu'un holocauste humain guide un esquif au port,
Qu'en des chairs en lambeaux on peut lire son sort?
Loin de moi ce soupçon! ah! seul il te dénigre.
Non, tu ne ressens point une rage de tigre;
Ces émeutes de rue, où plane le trépas,
Ne sont point ton ouvrage. Au milieu du fracas
Ce ne sont point tes cris qui vont percer la nue;
Non, tu n'aiguises point le coutelas qui tue.
Que parfois la folie agite ses grelots,
Que le crime, arborant ses lugubres signaux,
Tente de dénouer sa ténébreuse intrigue,
Et tel que le torrent qui rompt enfin sa digue,
Brisé tout sur sa route et sème la terreur,
Le peuple n'est point là. De ces drames d'horreur
Il recule interdit et voile son visage.
Une tourbe odieuse, en ses accès de rage,
Rebut impur et vil, race de Bélial,
Que vomit de ses flancs le cratère infernal,

S'agite vainement, et menace, et blasphême,
Il répond par ce mot : Anathème ! anathème !

Voyez-vous cette foule en longs habits de deuil
Se presser dans le temple à l'entour d'un cercueil,
Et tomber à genoux ? La cloche a fait silence,
Les lévites sont prêts, le chant des morts commence.
Pourquoi ce jour fatal, ces lugubres apprêts,
Ce concert de soupirs, de sanglots, de regrets ?
Ah ! c'est un jour de sang !..... une ère parricide !
Alors tombait Louis sous le fer régicide.
Le peuple chaque année, en s'adressant aux cieux,
Contre cet attentat proteste par ses vœux.
« Dieu tout-puissant ! dit-il, qui punis le coupable,
« Nos cœurs sont sans remords. Si ton bras implacable
« Se lève pour frapper, porte ailleurs ton courroux,
« Grâce pour l'innocent ! grâce, grâce pour nous !
« Mais que par ta bonté ta justice adoucie
« Aux juges assassins pardonne encore ! Oublie
« Que du haut de son char Philippe-Égalité,
« Ce traître corrupteur, type de lâcheté,
« Contempla de son roi l'héroïque martyre,
« Et sous l'échafaud même affecta de sourire. (1) »

---

(1) Fait historique. Lorsque ce monstre vota la mort de
Louis XVI, la Convention elle-même ne put retenir un mouve-
ment d'indignation.

Voilà les cris du peuple et ses complots vengeurs,
Un office des morts, des pardons et des pleurs.

O vous! enfans du Christ, dont l'âme noble et pure
Aime à s'ouvrir au sein du Dieu de la nature,
Vous qu'on voit aux autels si long-temps profanés,
En expiation humblement prosternés,
Vous souvient-il du temple où votre foi sincère
Exhalait à loisir l'encens de la prière?
Saint-Germain-l'Auxerrois, vieux monument si beau,
Que n'a pu respecter un Attila nouveau.
Sur la toile légère on y voyait la France
Soūs les traits d'une femme, image d'innocence,
La lèvre demi-close et le regard fervent;
Dans la poudre, à ses pieds, gisait le Dieu vivant.
Epars et mutilés, les débris de l'hostie
Attestaient les affronts faits à l'eucharistie;
La France saintement priait le sacré cœur,
Et l'amour infini, divin consolateur,
Lui versait les parfums de sa douce parole.
Touchante allégorie! ingénieux symbole!
Honneur à l'interprète! il comprit son pays,
Et son pinceau fidèle a mérité le prix.

Hélas! si secouant son lugubre suaire,
La mort levait parfois la pierre tumulaire,
Si l'on interrogeait et Saint-Just et Danton,

Tous ces législateurs, plus cruels que Dracon,
De l'égoût de Montmartre, illustre catacombe,
Où Marat, créé dieu, vint trouver une tombe, (1)
Si l'on voyait surgir ses débris odieux,
N'entendriez-vous pas ces coupables fameux
Nous redire qu'assis sur la chaire curule,
Seuls ils firent les lois de leur conventicule,
Que le peuple jamais n'accorda son mandat
A leur férocité pour asservir l'état,
Et qu'ils osèrent seuls voiler le terrorisme
Sous le masque trompeur d'un généreux civisme.
Le mensonge n'est point dans l'éternel séjour;
La vérité, semblable au soleil d'un beau jour,
Est un phare éclatant où le trépas aspire,
Le crime et la vertu subissent son empire,
Et son disque de feu comprend l'éternité.

Plus tard Napoléon , enfant de liberté,
De son bras parricide assassina sa mère,
Marcha sur les débris d'un pouvoir éphémère,
Et d'un sceptre sanglant nous imposant la loi,
Nous dit : « L'état, c'est moi : le peuple me fait roi. »
Dans ces instants, hélas ! de deuil pour la patrie,
Il fut comme un refuge à son âme flétrie;

---

(1) Marat, après avoir été créé dieu, fut tiré du Panthéon,
temple des soi-disant grands hommes, et jeté dans l'égoût de
Montmartre.

Elle y courut, semblable au pilote égaré
Qui voit poindre un îlot sur le flot azuré.
Cette terre n'est pas le but de son voyage,
Mais il échappe alors à la mort du naufrage,
Et, dans l'enivrement d'un généreux transport,
Salue avec amour l'onde amère du port.
Oh! quand le directoire à la sale figure
Etalait à loisir l'impudique luxure,
Que l'honneur avait fui des tremblantes cités,
Les exploits du soldat, par l'écho répétés,
Nous consolaient encore, et le nom de leurs guides,
Vainqueurs en Italie ainsi qu'aux Pyramides,
Faisait vibrer nos cœurs. Au dessus de ces preux
Brillait Napoléon, météore des cieux
Dont l'éclat rayonnant comme un feu fantastique
Ajoutait aux reflets de notre Gaule antique.
Tant de gloire entraîna sur les pas de son char,
Et fier il endossa le manteau de César.
Ah! pourquoi vers un trône une lueur trompeuse
A-t-elle dirigé sa course aventureuse!
Funeste vanité! perfide ambition!
Sur tes tristes feuillets inscris Napoléon.
Monck jadis rappela ses maîtres légitimes; (1)
Lui préféra le sang, les combats, les victimes.

---

(1) Tout le monde sait qu'à l'époque de la révolution anglaise
le célèbre Monck, après avoir préparé les esprits, parvint à
faire rappeler les Stuarts, lorsqu'il lui était si facile de s'empa-
rer de la couronne.

Ah ! Vincennes !..... d'Enghien !..... trop fatal souvenir,
Qui va comme un bruit sourd au lointain avenir !
Mais le géant n'est plus !.... paix, respect à sa cendre,
Et que l'éternité se fasse seule entendre !

Bellone plie enfin ses sanglans étendarts :
Un spectacle plus doux ravive nos regards.
L'airain ne gronde plus, l'aigle vaincu succombe,
Et du milieu des airs apparaît la colombe,
Symbole de la paix. Lorsque dans nos jardins
La tempête mugit, jonquilles et jasmins
Aux suaves odeurs, œillets et chèvre-feuille
S'inclinent sur le sol, où la rose s'effeuille.
Adieu, contours charmans et gracieux apprêts
Qu'un zèle matinal embellissait d'attraits :
L'ouragan confond tout. Mais que le zéphir passe,
Qu'aux rayons d'un beau ciel le nuage s'efface,
Bientôt l'ordre renaît, l'émail revient aux fleurs,
Sous le prisme des eaux, leurs humides couleurs
Sont plus belles encor, plus pures, plus suaves.
Tels sous de noirs soucis nos cœurs long-temps esclaves,
Si le destin lassé vient à briser leurs fers,
Se relèvent plus grands, plus forts de leurs revers,
Et cinglant tout joyeux au port de l'existence,
Se livrent au bonheur, et rêvent d'espérance.
Sur notre vieille terre, un seul Français de plus
Renoue en un seul jour tous nos liens rompus.
La concorde à sa voix, bienfaisante rosée,

Pour embaumer nos cœurs descend de l'Elysée;
L'on s'embrasse, et l'envie honteuse à ces transports
Enveloppe son front ridé par le remords.
Ce Français est le roi dont la tige féconde,
Présent venu de Dieu pour abriter le monde,
Comme un lierre enlaça de ses rameaux touffus
Tous les antiques troncs dont nous sommes issus.
C'est l'écusson des lis, et notre blanc panache;
C'est le sang des Capets, qui coula sous la hache.
Et que le ciel vengeur, pour punir tant d'affronts,
Goutte à goutte vingt ans fit tomber sur nos fronts.
Mais chez les Francs régner c'est leur servir de père,
Et l'empire des lis leur fut toujours prospère;
Image de ces temps, véritable âge d'or,
Où les premiers humains, heureux et purs encor
Sous la loi des vieillards, pères de la famille,
Se plaisaient à mêler le sceptre et la faucille.
Vous qui, l'âme gonflée et de haine et de fiel,
Assassinez les rois et marchez sur l'autel,
Vautours prêts nuit et jour à ronger votre proie,
Je vous adjure ici : vous connûtes la joie
Et tout l'enivrement du peuple de Paris,
A genoux et baisant la trace de Louis. (1)
Que son ivresse est franche au milieu de ses fêtes !

---

(1) Le retour des Bourbons en 1814 et après les cent jours fut
marqué par un véritable délire dans toutes les classes de la so-
ciété.

Vos triomphes à vous, vos pompes, vos conquêtes,
Vos jeux et vos plaisirs, c'est le sang !.. c'est la mort !
C'est le cri du mourant à son dernier effort,
Et votre bouche rit comme rit Tisiphone.
Lui se recueille au temple, et l'hymne qu'il entonne
Est un hymne d'amour, de pardon et d'oubli.
Que vois-je !... Votre cœur un instant amolli
Pousse un léger soupir,.. il se trouble,.. il s'alarme,
Et vous vous détournez pour sécher une larme.
Etes-vous donc vaincus ?... Ah ! pareils au granit,
Que l'écume des mers et condense et durcit,
Dès demain sur l'enclume, aux arsenaux du crime,
Vous forgerez du fer pour percer la victime.

O délices des cœurs ! ô jours trois fois heureux,
Où flottait dans les airs la bannière des preux ;
Votre rêve n'est plus !... Aux chants des fiançailles,
A succédé bientôt le glas des funérailles,
Et nos fronts ont pâli, ridés par les douleurs.
Quittez votre forum, doctes législateurs,
Qui voulez nous courber au joug de lois altières,
Venez, asseyez-vous au foyer des chaumières,
Si dociles toujours aux rigueurs du destin ;
Sous ces toits enfumés prenez place au festin,
L'artisan de bon cœur à sa table convie ;
Là règne l'amitié, doux parfum de la vie,
Et l'âme, confiante en ses épanchemens,
Se plaît à décharger le poids de ses tourmens.

Oh ! quel triste concert frappera vos oreilles :
Quel cri long et lugubre !... Alors que tu sommeilles
Sous le linceul des morts, ombre du bon Henri,
Il n'est plus que regrets pour ton peuple chéri.
Le vent de la colère, en dispersant ta race,
Du beau pays de France a ridé la surface,
Et tout s'est dissipé, tout jusques à l'espoir,
Plus vite que l'éclair, météore du soir
Qui parcourt l'horizon. Du fond de cette enceinte,
Entendez le murmure, et les pleurs et la plainte
S'échapper à longs flots. Sur un pauvre grabat
Gît un octogénaire infirme et vieux soldat.
Tout mutilé jadis aux champs de la victoire,
Il n'a gagné pour prix de son antique gloire
Qu'un bâton de voyage et qu'un mauvais pourpoint.
Mais que son pain soit sec, il n'en murmure point :
Ce qu'il demande, lui, lorsque demain peut-être,
Dévoré par la tombe, il ira comparaître
Au tribunal suprême, à la face de Dieu,
C'est que le sang français, que l'on prise si peu,
N'arrose plus, hélas ! le sol de nos campagnes,
Comme l'eau qui s'écoule aux flancs de nos montagnes.
Connaissez-vous le prix de la tête d'un Franc ?
Savez-vous ce que vaut la goutte de son sang ?
Allez, interrogez l'habitant de l'Attique,
Ou le Maure brûlé par les feux du tropique.
Ici les mers en vain roulent en mugissant,
Le pirate est vaincu, l'étendart du croissant

Fait place à nos drapeaux, et lassé du mensonge,
Où, l'Alcoran en main, l'adroit muphti le plonge,
L'Arabe va, plus gai que l'esclave qui rompt
Ses lourds anneaux de fer, régénérer son front
Au baptême chrétien. Plus loin, sur cette rive,
Sol natal des beaux-arts, la liberté captive
Revient à son berceau. D'autres Léonidas
Vont renaître plus fiers aux bords de l'Eurotas,
Prêts à braver la mort au pas des Thermopyles;
Les champs reverdiront plus beaux et plus fertiles,
La lyre reprendra son langage si pur,
Et les cieux d'Ionie, à la robe d'azur,
Retrouveront encor des yeux pour les comprendre,
Des voix pour les chanter. Et tous nos Alexandre,
Payés pour tant de gloire à quatre sous par jour,
Ne sont qu'un vil troupeau, pâture du vautour;
Vous les traquez aux champs, comme on traque les bêtes,
Et sûrs d'impunité, vous présentez leurs têtes
Pour gagner le salaire. Eh bien! dans vos excès,
Que ne les mangez-vous? Le fer de Damoclès
Vous fait-il peur? Lit-on votre arrêt prophétique
Ecrit dans vos palais par une main magique?

Et ce signe d'honneur, ces étoiles, ces croix,
Qu'inventa le vainqueur et le tyran des rois,
Et qu'il nouait lui-même au milieu des batailles;
Au cœur de ses Bayards, de ses nouveaux Xaintrailles
O comble de la honte! où les voit-on briller?

Veux-tu dans ta patrie égorger et piller,
Prends la croix, la voilà, tu l'as bien méritée.
Infâme délateur, veux-tu, nouveau Protée,
Simulant d'un ami le zèle officieux,
T'introduire au foyer de l'hôte vertueux,
Surprendre son secret et vendre l'innocence,
Voilà la croix, la croix pour solder la vengeance,
Anoblir le voleur, le traître, l'espion,
Et faire une vertu de la corruption.
La croix, avec de l'or, harmonique mélange,
Parieil au diamant enchassé dans la fange.

Ici le vil agent d'un pouvoir imposteur
Est de tous ses forfaits muet exécuteur,
Et, coupable à loisir du déni de justice,
Va puiser ses arrêts aux égouts de police.
Là c'est un député qui prêta vingt sermens,
Et fut de comédie acteur pendant quinze ans.
Pour recueillir du peuple et l'amour et le vote,
Nul jamais plus que lui ne se dit patriote ;
De ses concitoyens s'il brigua le mandat,
A l'entendre, ce n'est que pour sauver l'état.
Des vœux de ses cliens l'âme toute remplie,
Sans doute il osera plaider pour sa patrie.
Non. — Quand le ministère, engraissant le budjet,
Voudra des millions pour le rendre complet.
Du moins de nos deniers sera-t-il économe ?
Non. — Mais si l'ennemi menaçant le royaume,

Fait retentir les airs du clairon belliqueux,
Et brave nos soldats dans le cirque des preux,
Alors, le cœur ardent, affrontant la tempête,
Il redira : « Vengeance, à marcher qu'on s'apprête,
« Nous devons tous mourir plutôt qu'être vaincus. »
Vous le connaissez mal. La gloire, mot diffus,
Pour lui vide de sens, jamais ne le chatouille,
Sa main repousserait la plus riche dépouille, (1)
S'il fallait pour garant la perte de la paix,
Car la paix à tout prix comble tous ses souhaits.
Pour le récompenser de son zèle équitable,
Notre roi-citoyen le reçoit à sa table,
Lui parle de sa femme, et cet aimable accueil
Le séduit, l'émerveille et le gonfle d'orgueil.
Là, protestant tous deux d'un amour réciproque,
Ils se donnent la main, et tel est leur colloque :
« Soyez le bien venu, monsieur, et dites-nous
« Si le peuple est content ?--Ah ! sire, en doutez-vous !
« Arrivé par le coche hier de la province,
« Je n'entendis partout que des vœux pour le prince.
— « On se plaint qu'à regret la taxe qu'il nous faut
« Se perçoit au trésor ; c'est un vilain défaut.
— « Infâme calomnie ! exigez plus encore,
« Et vous saurez bientôt que le peuple s'honore
« Des dons que vous daignez accepter de sa main.
— « Qu'il aime à comparer le roi du droit divin

-----

(1) Refus de la Belgique.

« Avec ma seigneurie, et qu'il a l'insolence
« De n'être pas certain de ma munificence.
— « Qui peut vous attrister de semblables récits ?
« En fidèle sujet j'en suis vraiment surpris.
« Quoi qu'il en coûte, hélas ! à ma franchise extrême,
« Eh bien ! je le dirai, n'en déplaise à vous-même,
« Oui, le peuple bénit la libéralité,
« Principale vertu de votre majesté.
« S'il ose quelquefois vous mettre en parallèle
« Avec le roi déchu, vous servez de modèle,
« Et quant au résultat de la comparaison,
« Vous êtes honnête homme, et lui fut un fripon.
« Pupille obéissant de l'Anglais et du Russe,
« Il servit de jouet à leur coupable astuce,
« Et sous leur joug honteux humilia nos fronts.
« Sire, vous rougissez de semblables affronts,
« Vous, que les potentats choisissent pour arbitre,
« Et dont l'indépendance est le plus noble titre.
« Je ne parlerai point, ô souvenirs amers !
« Du zèle du tyran à nous river des fers.
« Vous les avez brisés, quoiqu'en dise la presse,
« Et nos vœux sont comblés, grâces à votre altesse.
« La liberté ! sans doute il en faut à nos cœurs ;
« Mais écouterez-vous ces éternels prôneurs
« D'une entière licence ? Ah ! redoutez ce piége,
« Ils sont républicains ou carlistes ; que sais-je ?
« Telle est la vérite, j'en atteste ma foi,
« Mon dévouement sincère à la cause du roi,

« Et dût ma loyauté passer pour trop sévère ,
« Sire , je chasserais la race mensongère
« Qui veut vous alarmer de sombres entretiens :
« Ils sont tous déloyaux et mauvais citoyens. »
Le patriote a dit , ivre de sa doctrine ,
Trois fois avec respect jusqu'à terre il s'incline ;
Assistans aussitôt de répéter : « Bravo !
« Notre avis est le sien, du peuple il est l'écho. »
Maintenant fions-nous aux vains discours des hommes,
Préparons-nous encore , insensés que nous sommes,
A porter au scrutin ces nobles candidats
Si purs , si vertueux , dont les mâles débats
Servent si vaillamment le peuple qu'on opprime.
O toi ! maître du sort , ciel qui punis le crime ,
Arrache de nos yeux ces tableaux dégoûtans ;
Faut-il donc les connaître, et n'avoir pas trente ans !

Oh! que le cœur du peuple est facile à comprendre !
Comme la vérité se plaît à se répandre
De ce calice d'or, emblème des vertus !
Comme tous ses soupirs , vainement combattus ,
Se font jour à travers les clameurs insolentes ,
Semblables aux torrens de ces laves brûlantes ,
Qui d'un cratère en feu sortent à gros bouillons.
Soit qu'il creuse le sol en pénibles sillons ,
Ou que dans les cités exerçant l'industrie ,
Des fruits de son labeur il orne sa patrie ,
Villageois, citadin , étranger à la peur,

Il ne se voile point sous un masque trompeur ;
Pour lui point de secrets, et sa bouche proclame
Tous les désirs sacrés qui remplissent son âme :
Ces systèmes divers, œuvres des cerveaux creux,
Que chaque jour fait naître et mourir à ses yeux,
Ne lui semblent que flots, amoncelant la brume,
Que d'autres flots grondeurs et blanchissant d'écume,
Engloutissent bientôt dans l'abîme des mers.
Et qui donc a le droit de lui donner des fers ?
Celui-ci tout rempli des hauts faits de l'Attique,
Ne rêve que forum, tribunat, république,
Et dédaignant nos mœurs, nos usages, nos lois,
S'épuise à nous prouver qu'aux bords de l'Illinois, (1)
Le génie a formé la nation modèle
Et qu'on ne peut servir en citoyen fidèle,
Sans être tout d'abord parfait Américain.
Celui-là, d'Albion amoureux paladin,
Non content de calquer l'habit et langage
D'un insulaire altier, qui rit de ce servage,
Vante son parlement, sa constitution,
Et prétend nous doter du code anglo-saxon.
Autant vaudrait vraiment planter dans nos campagnes
Le cèdre au large tronc qui croît sur les montagnes,
Et les cannes à sucre, et le blanc cotonnier, (2)

______

(1) Affluent de Mississipi, fleuve des États-Unis.

(2) On compte diverses espèces de cotonnier, le cotonnier
franc, dont le duvet très-fin est couleur de chamois, le cotonnier bâtard, dont le duvet est roussâtre, et le cotonnier blanc,
d'une éclatante blancheur ; ils croissent à Siam.

Et sur la pomme d'or greffer le bananier.
D'autres en avouant que le fils de Marie
Nous apprit la morale et la philosophie,
Las d'entendre partout proclamer ses bienfaits,
Trouvent son culte vieux, ses livres imparfaits,
Et les mettant au rang des livres de Sybille,
Déchirent les feuillets du divin évangile.
Lorsque dans le forum, l'arrêt du peuple roi
Condamnait Aristide à la plus dure loi;
Au milieu des rivaux, jaloux de le proscrire,
Ne vit-on pas un rustre, incapable d'écrire,
Présenter sa coquille au *juste* Athénien,
Et dire sans rougir : « Il a fait trop de bien. »
Mais en vain ces docteurs, si fiers de leurs méthodes,
Pour nous les présenter, ornent leurs périodes
De grands mots bien sonnans, et de la trahison
Distillent avec art le subtile poison.
La solitude règne aux bancs de leur école,
Le désert seul répond au bruit de leur parole,
Et le temps les entraîne, interdits, éperdus,
Insensés nés d'hier, qui déjà ne sont plus.

Ne pleure point, ô France ! adresse ta prière
Au Dieu qui nous console à notre heure dernière;
Il ne trompa jamais, et l'encens des autels
Plaît à celui qui tient les décrets éternels.
De succomber déjà l'heure n'est point venue,
L'arrêt de ton trépas n'a point percé la nue,

Tu sortiras enfin du chaos ténébreux ;
L'avenir est à toi, brillant et radieux.
Crois la fille des rois, à l'âme magnanime,
De son amour pour toi glorieuse victime ;
En songe, à l'Elysée, elle a vu saint Louis
Bénir et couronner le rejeton des lis. (1)
Regarde à l'horizon, cette clarté nouvelle,
De pourpre et de saphir dès son matin si belle,
Qui brille à l'Orient et grandit chaque jour,
Gracieux ornement du céleste séjour.
Vainement dans les airs, le crêpe des nuages
Se déroule en grondant au milieu des orages ;
C'est un astre naissant, qui porte dans son sein
La justice de Dieu. L'arrêt de ton destin
Est écrit sur son front d'un signe ineffaçable,
Et des vents déchaînés la fureur implacable
Ne saurait le détruire ; il faut, puisqu'il est né,
Que de son orbe entier le cours soit terminé.
Les mœurs, la vérité, sous ses rayons de flamme,
Exhaleront encor leur suave dictame,
Les sciences, les arts reprendront leur essor,

----

(1) Voici comment la duchesse de Berry raconta elle-même
son rêve : « Cette nuit j'étais à l'Elysée, je tenais par la main
« mes deux enfans, ma fille et son jeune frère : j'ai vu très dis-
« tinctement saint Louis ; il voulait couvrir de son manteau
« royal Mademoiselle, je lui ai présenté mon fils, et le saint roi
« nous a enveloppés tous les trois dans son manteau, nous a bé-
« nis et a couronné mes enfans. »

Et des Bardes nouveaux la mandoline d'or,
Harmonieuse et pure en son rhithme de gloire,
De nos preux chevaliers chantera la mémoire.
Ces temps seront féconds en nouveaux Curtius,
Les Francs seront puissans sous le fer de Brennus.(1)
Qu'il est lent à couler le sable du clepsidre :
Ah ! quand il marquera les angoisses de l'hydre
Aux membres renaissans des révolutions,
Quand l'enfant de l'exil, sauveur des nations,
Ramènera la paix à nos foyers ravie,
Tout mon être aura-t-il ce qu'il faudra de vie,
Ciel ! pour ne pas mourir à l'instant du réveil !
L'œil du captif se ferme aux clartés du soleil ;
Je crains trop de bonheur pour mon âme abattue,
Ainsi que la douleur, Français, le plaisir tue !

---

(1) Brennus n'aimait pas les protocoles. On sait qu'ennuyé des lenteurs des Romains à peser l'or de leur rançon, il jeta son épée dans la balance, en disant : *Malheur aux vaincus* ! M. de Talleyrand, vrai protocole personnifié, ne tardera pas à rejoindre le vieux Gaulois dans l'empire des morts ; leur entrevue sera curieuse.

FIN.

IMPRIMERIE DE POUSSIELGUE,
rue de Sèvres, n. 2.